Kirsten Boie · Jan Birck
كِيرْسْتِنْ بَوَيِهْ · يَان بِيرْك

Bestimmt wird alles gut
حَتْمًا الْغَدُ أَفْضَلُ

Kirsten Boie · Jan Birck
كِيرْسْتِنْ بَوَيِهْ · يَان بِيرْك

Bestimmt wird alles gut
حَتْمًا الْغَدُ أَفْضَلُ

Übersetzung ins Arabische von Mahmoud Hassanein
تَرْجَمَهَا إِلَى العَرَبِيَّةِ: مَحْمُودْ حَسَنَيْنْ

dtv

Ausführliche Informationen über
unsere Autoren und Bücher
www.dtv.de

Zu diesem Band gibt es ein Unterrichtsmodell
unter www.dtv.de/lehrer zum kostenlosen Download.

MIX
Papier aus verantwortungsvollen Quellen
FSC® C002795

Ungekürzte Ausgabe
2018 dtv Verlagsgesellschaft mbH & Co. KG, München

Umschlaggestaltung: Florian von Wissel
unter Verwendung einer Illustration von Jan Birck
Layout und Satz: Tropen Studios, Leipzig
Druck und Bindung: Livonia Print, Lettland
ISBN 978-3-423-71802-8

Dies ist die wahre Geschichte von Rahaf, die ist jetzt zehn Jahre alt. Und von ihrem Bruder Hassan, der ist jetzt neun.

Rahaf und Hassan wohnen mit Mama und Papa in einem kleinen deutschen Ort. Und natürlich wohnen auch ihre beiden kleinen Schwestern da, Amal und Haia. Die sind aber erst drei und vier. Mit Amal und Haia kann man nicht gut spielen.

Früher haben Rahaf und Hassan in einer anderen Stadt gewohnt. Die Stadt heißt Homs und liegt in einem anderen Land. Das Land heißt Syrien.

In Homs fanden Rahaf und Hassan es schön. Sie haben in einem großen Haus gewohnt, mit vier Stockwerken. Ganz unten haben Oma und Opa gewohnt.

هَذِهِ هِيَ الْقِصَّةُ الْحَقِيقِيَّةُ لِرَهْف، ذَاتِ السَّنَوَاتِ الْعَشْرِ، وَلِشَقِيقِهَا حَسَنْ ذِي السَّنَوَاتِ التِّسْعِ.

تَسْكُنُ رَهْفْ وَحَسَنْ مَعَ أَبِيهِمَا وَأُمِّهِمَا فِي قَرْيَةٍ أَلْمَانِيَّةٍ صَغِيرَةٍ، وَبِالطَّبْعِ تَسْكُنُ مَعَهُمَا أَيْضًا شَقِيقَتَاهُمَا الصَّغِيرَتَانِ: أَمَلْ وَهَيَا، وَلَكِنَّهُمَا لَا تَزَالَانِ فِي الثَّالِثَةِ وَالرَّابِعَةِ مِنَ الْعُمْرِ؛ لِذَلِكَ لَا يُمْكِنُ اللَّعِبُ مَعَ أَمَلْ وَهَيَا كَمَا يَنْبَغِي.

فِيمَا مَضَى كَانَتْ رَهْفْ وَحَسَنْ يَسْكُنَانِ فِي مَدِينَةٍ أُخْرَى، مَدِينَةٍ تُدْعَى حِمْص، وَتَقَعُ فِي بَلَدٍ آخَرَ، بَلَدٍ يُدْعَى سُورِيَّةَ.

فِي حِمْص كَانَ كُلُّ شَيْءٍ جَمِيلًا فِي عَيْنَيْ رَهْفْ وَحَسَنْ، كَانَا يَسْكُنَانِ فِي بَيْتٍ كَبِيرٍ مُكَوَّنٍ مِنْ أَرْبَعِ

Im ersten Stock haben Onkel Ahmed und Tante Jinin gewohnt, mit ihren fünf Kindern. Im zweiten Stock haben Onkel Ziad und Tante Marwa gewohnt, die hatten drei Kinder. Da hatten Rahaf und Hassan acht Cousins und Cousinen, das war gut zum Spielen. Rahaf und Hassan haben mit Mama und Papa und Amal und Haia ganz oben im Haus gewohnt, im dritten Stock.

Rahaf hat am liebsten mit ihrer Cousine Aycha gespielt. Aycha war genauso alt wie Rahaf. Darum sind sie sogar zusammen in die Schule gegangen, in dieselbe Klasse. Manchmal haben Rahaf und Aycha mit ihren Puppen gespielt. Rahafs Lieblingspuppe hieß Lulla. Wie Aychas Lieblingspuppe hieß, weiß Rahaf nicht mehr.

طَوَابِقَ، الْجَدُّ وَالْجَدَّةُ كَانَا يَسْكُنَانِ فِي الطَّابَقِ الْأَرْضِيِّ، وَفِي الطَّابَقِ الْأَوَّلِ كَانَ الْعَمُّ أَحْمَدُ وَالْعَمَّةُ جَنِين يَسْكُنَانِ مَعَ أَطْفَالِهِمَا الْخَمْسَةِ، وَفِي الطَّابَقِ الثَّانِي الْعَمُّ زِيَادٌ وَالْعَمَّةُ مَرْوَةُ مَعَ أَطْفَالِهِمَا الثَّلَاثَةِ، كَانَ لَدَى رَهْفْ وَحَسَنْ ثَمَانِيَةٌ مِنْ أَبْنَاءِ وَبَنَاتِ الْعُمُومَةِ، وَكَانَ هَذَا مُنَاسِبًا لِلَّعِبِ، رَهْفْ وَحَسَنْ كَانَا يَسْكُنَانِ مَعَ أَبِيهِمَا وَأُمِّهِمَا وَأَمَلْ وَهَيَا فِي الْبَيْتِ مِنْ أَعْلَى، فِي الطَّابَقِ الثَّالِثِ.

كَانَتْ رَهْفْ تُفَضِّلُ اللَّعِبَ مَعَ بِنْتِ عَمِّهَا عَائِشَةَ، عَائِشَةُ فِي نَفْسِ عُمْرِ رَهْفْ؛ لِذَلِكَ كَانَتَا تَذْهَبَانِ إِلَى الْمَدْرَسَةِ سَوِيًّا، إِلَى الصَّفِّ نَفْسِهِ، وَأَحْيَانًا كَانَتْ رَهْفْ وَعَائِشَةُ تَلْعَبَانِ بِالدُّمَى، دُمْيَةُ رَهْفْ الْمُفَضَّلَةُ كَانَ اسْمُهَا لُولَا، لَا تَتَذَكَّرُ رَهْفْ اسْمَ دُمْيَةِ عَائِشَةَ الْمُفَضَّلَةِ.

Einmal hat Aycha bei Rahaf übernachtet. Da haben sie beide zusammen in Rahafs Bett geschlafen, und in der Nacht ist Aycha im Schlaf aus dem Bett geplumpst, weil es so schmal war. Sie hat sich aber nicht wehgetan. Da mussten Aycha und Rahaf so lachen, dass Mama davon aufgewacht ist. Sogar als Mama ins Zimmer gekommen ist und gesagt hat, Rahaf und Aycha sollen wieder schlafen, sie wecken ja alle anderen auf, mussten sie immer noch weiterlachen.

Mit den anderen Cousins und Cousinen haben Rahaf und Hassan oft Verstecken gespielt, auf der Straße. Das ging natürlich immer nur, bis die Flugzeuge kamen. Dann sind alle Kinder ganz schnell ins Haus gerannt.

ذَاتَ مَرَّةٍ بَاتَتْ عَائِشَةُ عِنْدَ رَهْف، حِينَهَا نَامَتَا سَوِيًّا فِي سَرِيرِ رَهْف، وَأَثْنَاءَ اللَّيْلِ سَقَطَتْ عَائِشَةُ مِنَ السَّرِيرِ لِأَنَّهُ كَانَ ضَيِّقًا، وَلَكِنَّهَا لَمْ تَتَأَذَّ. ضَحِكَتْ عَائِشَةُ وَرَهْفْ حَتَّى اسْتَيْقَظَتْ أُمُّ رَهْفْ وَجَاءَتْ إِلَى الْحُجْرَةِ، وَقَالَتْ إِنَّهُ يَنْبَغِي عَلَى رَهْف وَعَائِشَةَ أَنْ تَعُودَا لِلنَّوْمِ، فَهُمَا يُوقِظَانِ الْجَمِيعَ. إِلَّا أَنَّهُمَا لَمْ تَسْتَطِيعَا أَنْ تَمْنَعَا نَفْسَيْهِمَا مِنْ مُوَاصَلَةِ الضَّحِكِ.

رَهْفْ وَحَسَنْ كَانَا يَلْعَبَانِ الغُمَّيْضة فِي الشَّارِعِ مَعَ أَبْنَاءِ وَبَنَاتِ عُمُومَتِهِمَا. وَبِالطَّبْعِ كَانَ هَذَا مُمْكِنًا فَقَطْ حَتَّى اللَّحْظَةِ الَّتِي تَأْتِي فِيهَا الطَّائِرَاتُ، حِينَهَا كَانَ جَمِيعُ الْأَطْفَالِ يُسَارِعُونَ بِالدُّخُولِ إِلَى الْبَيْتِ. عِنْدَمَا كَانَتِ الطَّائِرَاتُ تَطِيرُ فَوْقَ الْبَيْتِ، كَانَتِ النَّوَافِذُ تَرْتَجُّ، أَمَلْ وَهَيَا كَانَتَا تَبْكِيَانِ وَأُمُّهُمَا كَانَتْ

Wenn die Flugzeuge über das Haus geflogen sind, haben die Fenster gescheppert. Amal und Haia haben geweint und Mama hat „Alles gut, alles gut!“ gesagt und sie auf den Arm genommen, Amal rechts und Haia links. Manche Straßen waren hinterher Trümmer und manche Menschen sind hinterher nicht mehr aufgestanden.

Hassan hat am liebsten Fußball gespielt mit seinen Cousins und mit seinen Freunden. Hassan war ein guter Fußballspieler. Aber manchmal hat er mit seinen Freunden auch Patronenhülsen gesammelt, wer die meisten findet. Die Patronenhülsen lagen ja auf den Straßen herum. Einmal hat Hassan auch eine scharfe Patrone gefunden, da war er stolz. Aber Papa hat sie ihm weggenommen. „Die ist gefährlich!“, hat Papa gesagt.

تَقُولُ: «كُلُّ شَيْءٍ عَلَى مَا يُرَامُ، عَلَى مَا يُرَامُ!» وَتَحْمِلُهُمَا عَلَى ذِرَاعَيْهَا، أَمَلْ عَلَى الذِّرَاعِ الْيُمْنَى، وَهَيَا عَلَى الذِّرَاعِ الْيُسْرَى، بَعْدَ ذَلِكَ كَانَتْ بَعْضُ الشَّوَارِعِ تَتَحَوَّلُ إِلَى حُطَامٍ وَرُكَامٍ، وَبَعْدَ ذَلِكَ كَانَ بَعْضُ النَّاسِ لَا يَنْهَضُونَ مِنْ رَقْدَتِهِمْ.

أَمَّا حَسَنْ فَكَانَ يُفَضِّلُ لَعِبَ كُرَةِ الْقَدَمِ مَعَ أَبْنَاءِ عُمُومَتِهِ وَأَصْدِقَائِهِ، فَقَدْ كَانَ لَاعِبَ كُرَةِ قَدَمٍ مَاهِرًا، إِلَّا أَنَّهُ كَانَ أَحْيَانًا يَتَنَافَسُ أَيْضًا مَعَ أَصْدِقَائِهِ فِي جَمْعِ الرَّصَاصَاتِ الْفَارِغَةِ، فَقَدْ كَانَتْ مُلْقَاةً فِي الشَّوَارِعِ. وَذَاتَ مَرَّةٍ عَثَرَ حَسَنْ أَيْضًا عَلَى رَصَاصَةٍ حَيَّةٍ، وَكَانَ فَخُورًا بِذَلِكَ، وَلَكِنَّ أَبَاهُ أَخَذَ مِنْهُ الرَّصَاصَةَ وَقَالَ: «هَذِهِ الرَّصَاصَةُ خَطِيرَةٌ، فَقَدْ تَنْفَجِرُ!» وَلَمْ تَكُنْ أُمُّهُ أَيْضًا تُحِبُّ أَنْ يَجْمَعَ حَسَنْ

„Die kann explodieren!“ Mama wollte auch nicht, dass Hassan Patronenhülsen sammelt. Aber Hassan fand es toll.

Rahafs und Hassans Papa war Arzt. Er hat viele Menschen gesund gemacht. Rahaf und Hassan waren stolz auf ihren Papa.

Einmal ist Papa mit seinen beiden großen Kindern auf den Jahrmarkt gegangen. Es gab eine Schiffsschaukel und eine Riesenrutsche. An den Jahrmarkt erinnern Rahaf und Hassan sich noch gut. Dann sind aber leider die Flugzeuge gekommen, da hat Papa sie nach Hause gescheucht.

Immerzu sind die Flugzeuge mit den Bomben gekommen, immerzu! Und immerzu haben die Männer auch in den Straßen gekämpft, mit Panzern und mit Gewehren.

الرَّصَاصَاتِ الْفَارِغَةَ، وَلَكِنَّ حَسَنْ كَانَ يُحِبُّ ذَلِكَ جِدًّا.

كَانَ وَالِدُ رَهْفْ وَحَسَنْ طَبِيبًا، دَاوَى أُنَاسًا كَثِيرِينَ. وَكَانَتْ رَهْفْ وَحَسَنْ فَخُورَيْنِ بِأَبِيهِمَا.

ذَاتَ مَرَّةٍ ذَهَبَ أَبُوهُمَا مَعَهُمَا إِلَى الْمَوْلِدِ، حَيْثُ تُوجَدُ أُرْجُوحَةٌ عَلَى هَيْئَةِ سَفِينَةٍ وَزُحْلِيقَةٌ كَبِيرَةٌ.

تَتَذَكَّرُ رَهْفْ وَحَسَنْ الْمَوْلِدَ جَيِّدًا، إِلَّا أَنَّ الطَّائِرَاتِ أَتَتْ، فَأَسْرَعَ أَبُوهُمَا بِهِمَا إِلَى الْبَيْتِ.

ظَلَّتِ الطَّائِرَاتُ الْحَامِلَةُ لِلْقَنَابِلِ تَأْتِي، ثُمَّ تَأْتِي! وَظَلَّ الرِّجَالُ أَيْضًا يُحَارِبُونَ بِالدَّبَّابَاتِ وَالْبَنَادِقِ فِي الشَّوَارِعِ، وَبَعْدَ ذَلِكَ كَانَ بَعْضُ الرِّجَالِ لَا يَنْهَضُونَ مِنْ رَقْدَتِهِمْ، لَقَدْ أَفْسَدَ ذَلِكَ كُلَّ شَيْءٍ جَمِيلٍ،

Manche Männer sind hinterher nicht mehr aufgestanden. Das hat alles Schöne kaputt gemacht. Und immer hatten Rahaf und Hassan Angst. In Syrien ist nämlich Krieg.

In der Schule ist der Hausmeister oft durch das ganze Haus gerannt. „Nach unten!“, hat er gebrüllt. „Die Flugzeuge kommen!“ Dann sind alle Kinder ins unterste Stockwerk gestürmt. Im untersten Stockwerk waren keine Fenster.

Wenn der Hausmeister es nicht schnell genug geschafft hat, allen Bescheid zu sagen, sind die Flugzeuge ohne Warnung gekommen. Dann haben sich die Kinder in den Klassen unter ihren Schultischen versteckt. Immerzu mussten sie Angst haben, immerzu! Aber Rahaf und Hassan mussten ja zur Schule gehen. Und zu Hause sind die Flugzeuge mit den Bomben schließlich auch gekommen.

وَتَمَلَّكَ الْخَوْفُ مِنْ رَهْفْ وَحَسَنْ، فَقَدْ قَامَتْ حَرْبٌ فِي سُورِيَّةَ.

فِي الْمَدْرَسَةِ كَانَ الْحَارِسُ يَرْكُضُ فِي الْمَبْنَى مِنْ أَوَّلِهِ إِلَى آخِرِهِ وَهُوَ يَصِيحُ: «إِلَى أَسْفَلَ ... الطَّائِرَاتُ قَادِمَةٌ». فَيَنْدَفِعُ الْأَطْفَالُ كُلُّهُمْ إِلَى الطَّابَقِ السُّفْلِيِّ، وَفِي الطَّابَقِ السُّفْلِيِّ لَمْ تَكُنْ ثَمَّةَ نَوَافِذُ.

وَإِنْ لَمْ يَسْتَطِعِ الْحَارِسُ أَنْ يُخْبِرَ الْجَمِيعَ بِالسُّرْعَةِ الْكَافِيَةِ، كَانَتِ الطَّائِرَاتُ تَأْتِي بِلَا سَابِقِ إِنْذَارٍ، فَيَخْتَبِئُ الْأَطْفَالُ فِي صُفُوفِهِمْ تَحْتَ الْمَقَاعِدِ. دَوْمًا يَعْتَرِيهِمُ الْخَوْفُ، دَوْمًا! إِلَّا أَنَّ رَهْفْ وَحَسَنْ كَانَ عَلَيْهِمَا الذَّهَابُ إِلَى الْمَدْرَسَةِ، وَعَلَى كُلِّ حَالٍ كَانَتِ الطَّائِرَاتُ تَأْتِي إِلَى الْبَيْتِ أَيْضًا.

Wir gehen weg!“, hat Papa eines Tages zu Rahaf und Hassan gesagt. „Ich möchte ein friedliches Leben für meine Kinder, in dem wir alle nicht immerzu Angst haben müssen. Wir gehen in ein anderes Land.“

Ein friedliches Leben fanden Rahaf und Hassan gut. Aber weggehen fanden sie nicht gut.

„Und Aycha?“, hat Rahaf gefragt. „Kommt Aycha auch mit in das andere Land?“

Aber Papa hat gesagt, dass Aycha nicht mitkommt. Keiner von den anderen im Haus. Keiner von den Onkeln und Tanten und Cousins und Cousinen. Und Oma und Opa auch nicht.

ذَاتَ يَوْمٍ قَالَ الْأَبُ لِرَهْفْ وَحَسَنْ: «سَنَرْحَلُ ... أُرِيدُ حَيَاةً آمِنَةً لِأَوْلَادِي لَا نُضْطَرُّ فِيهَا لِلْخَوْفِ دَوْمًا، سَنَذْهَبُ إِلَى بَلَدٍ آخَرَ».

أَعْجَبَتْ فِكْرَةُ الْبَلَدِ الْآمِنِ رَهْفْ وَحَسَنْ، وَلَكِنْ لَمْ تُعْجِبْهُمَا فِكْرَةُ الرَّحِيلِ.

سَأَلَتْ رَهْفْ: «وَعَائِشَةُ! هَلْ سَتَأْتِي مَعَنَا أَيْضًا إِلَى الْبَلَدِ الْآخَرِ؟»

وَلَكِنَّ أَبَاهَا قَالَ: إِنَّ عَائِشَةَ لَنْ تَأْتِيَ مَعَهُمْ، وَلَا أَحَدَ مِنَ الْآخَرِينَ فِي الْبَيْتِ، لَا أَحَدَ مِنَ الْأَعْمَامِ وَالْعَمَّاتِ أَوْ أَبْنَاءِ وَبَنَاتِ الْعُمُومَةِ، وَلَا حَتَّى الْجَدُّ وَالْجَدَّةُ.

„Dann will ich da nicht hin!“, hat Hassan gebrüllt. „Dann will ich hierbleiben!“

Aber es hat ihm nichts genützt.

Mama und Papa haben ihre Koffer gepackt und Rahaf und Hassan ihre Rucksäcke. Rahaf hat auch Lulla mitgenommen. Ohne Lulla wollte sie nicht in ein fremdes Land.

Zuerst sind sie mit dem Flugzeug geflogen, bis nach Ägypten. In Ägypten sind sie auf ein Schiff gestiegen.

Das Schiff sah sehr klein aus und sehr alt.

„Keine Sorge!“, hat Papa gesagt. „Das Schiff ist sicher!“

فَصَاحَ حَسَنٌ: «إِذَنْ لَا أُرِيدُ أَنْ أَرْحَلَ، أُرِيدُ الْبَقَاءَ هُنَا».

وَلَكِنَّ ذَلِكَ لَمْ يُفِدْهُ شَيْئًا.

حَزَمَ أَبُوهُمَا وَأُمُّهُمَا أَمْتِعَتَهُمَا، وَرَهْفُ وَحَسَنٌ حَقِيبَتَيْهِمَا. كَمَا أَخَذَتْ رَهْفُ لُولَا، فَلَمْ تُرِدْ رَهْفُ أَنْ تُسَافِرَ إِلَى بَلَدٍ غَرِيبَةٍ بِدُونِ لُولَا.

فِي الْبِدَايَةِ سَافَرُوا بِالطَّائِرَةِ إِلَى مِصْرَ، وَمِنْ مِصْرَ اسْتَقَلُّوا سَفِينَةً.

بَدَتِ السَّفِينَةُ صَغِيرَةً جِدًّا، وَقَدِيمَةً جِدًّا.

Da haben Rahaf und Hassan keine Angst mehr gehabt. Weil sie ja wussten, dass Papa sich auskennt.

In Ägypten war es heiß, darum hat Rahaf ihre Jacke ausgezogen und ganz oben in ihren Rucksack gequetscht. Auf Lulla drauf.

„Gebt mir eure Rucksäcke!“, hat ein Mann von der Schiffsbesatzung gesagt, als Rahaf und Hassan an Bord gehen wollten. Solche Männer heißen Schleuser. Sie bringen Flüchtlinge in ein neues Land. „Wir tragen das Gepäck hinterher an Bord. Zuerst die Menschen!“

Da haben Rahaf und Hassan dem Mann ihre Rucksäcke gegeben. Mama und Papa

قَالَ الْأَبُ: «لَا دَاعِيَ لِلْقَلَقِ، السَّفِينَةُ آمِنَةٌ».

فَزَالَ الْخَوْفُ عَنْ رَهْفْ وَحَسَنْ، لِأَنَّهُمَا يَعْرِفَانِ أَنَّ أَبَاهُمَا عَلَى عِلْمٍ بِهَذِهِ الْأُمُورِ.

لَقَدْ كَانَ الْجَوُّ فِي مِصْرَ حَارًّا؛ لِذَا خَلَعَتْ رَهْفْ سُتْرَتَهَا، وَوَضَعَتْهَا فِي حَقِيبَتِهَا مِنْ أَعْلَى، فَوْقَ لُولَا.

وَعِنْدَمَا هَمَّتْ رَهْفْ وَحَسَنْ بِالصُّعُودِ عَلَى مَتْنِ السَّفِينَةِ، قَالَ رَجُلٌ مِنْ طَاقَمِ السَّفِينَةِ: «أَعْطِيَانِي حَقَائِبَكُمَا». هَؤُلَاءِ الرِّجَالُ يُدْعَوْنَ مُهَرِّبِينَ، وَيَنْقُلُونَ اللَّاجِئِينَ إِلَى بَلَدٍ جَدِيدٍ. ثُمَّ قَالَ: «سَنَحْمِلُ الْحَقَائِبَ فِيمَا بَعْدُ إِلَى مَتْنِ السَّفِينَةِ، النَّاسُ أَوَّلًا».

mussten ihre Koffer auch stehen lassen. Und sogar ihre Taschen. Dann sind sie alle zusammen an Bord gegangen. Mama hat Amal getragen und Papa Haia.

„Keine Sorge, auf dem Schiff kriegt ihr eure Rucksäcke wieder!“, hat Papa gesagt. Rahaf hat gedacht, dass Lulla nun ganz allein im Dunkeln in ihrem Rucksack unter der Jacke eingequetscht ist, da hat sie ihr leidgetan. Aber eine Puppe hat natürlich kein echtes Leben.

Auf dem Schiff war es eng, es sind immer noch mehr Menschen gekommen. „So viele Menschen kann so ein kleines Schiff doch gar nicht tragen!“, hat Mama gerufen. „Wo sollen die denn alle hin?“

فَأَعْطَتْ رَهْفُ وَحَسَنْ حَقِيبَتَيْهِمَا لِلرِّجَالِ. وَتَرَكَ أَبُوهُمَا وَأُمُّهُمَا الْحَقَائِبَ الْكَبِيرَةَ، بَلْ وَحَقِيبَتَيْهِمَا الصَّغِيرَتَيْنِ أَيْضًا، وصَعَدُوا معًا عَلى مَتْنِ السَّفِينَةِ، حَمَلَتِ الْأُمُّ أَمَلْ، وَحَمَلَ الْأَبُ هَيَا.

قَالَ الْأَبُ: «لَا تَقْلَقَا، سَتَحْصُلَانِ عَلَى حَقِيبَتَيْكُمَا فِي السَّفِينَةِ مَرَّةً أُخْرَى». خَطَرَ عَلَى بَالِ رَهْفُ أَنَّ لُولَا تَقْبَعُ الْآنَ وَحِيدَةً فِي الظُّلْمَةِ تَحْتَ السُّتْرَةِ، فَشَعَرَتْ بِالشَّفَقَةِ عَلَيْهَا، وَلَكِنَّ الدُّمْيَةَ لَيْسَ لَدَيْهَا بِالطَّبْعِ حَيَاةٌ حَقِيقِيَّةٌ.

كَانَ الْمَكَانُ ضَيِّقًا فِي السَّفِينَةِ، فَقَدْ تَدَفَّقَ الْمَزِيدُ مِنَ الرُّكَّابِ، صَاحَتِ الْأُمُّ: «لَنْ يُمْكِنَ لِسَفِينَةٍ صَغِيرَةٍ أَنْ تَحْمِلَ هَذَا الْعَدَدَ الْكَبِيرَ مِنَ النَّاسِ! أَيْنَ يَذْهَبُونَ بِكُلِّ هَؤُلَاءِ؟!»

Aber es sind immer noch mehr und immer noch mehr gekommen. Am Schluss waren es 300 Menschen auf dem kleinen Schiff. Sie haben alle draußen auf den Decksplanken gesessen, dicht an dicht. Es gab ja keine Kabinen.

Dann ist das Schiff losgefahren. Mama hatte Amal und Haia auf dem Schoß. Amal hat auf ihrem rechten Knie gesessen und Haia auf ihrem linken. Für so kleine Kinder war es ja gefährlich auf dem Schiff. So kleine Kinder können schließlich leicht ins Wasser fallen.

Rahaf und Hassan haben bei niemandem auf dem Schoß gesessen.

وَلَكِنْ تَوَاصَلَ قُدُومُ الْمَزِيدِ وَالْمَزِيدِ مِنَ النَّاسِ، فِي النِّهَايَةِ بَلَغَ عَدَدُهُمْ ثَلَاثَمِائَةٍ، جَلَسُوا جَمِيعًا فِي الْخَارِجِ عَلَى سَطْحِ السَّفِينَةِ مُتَلَاصِقِينَ، فَلَمْ تَكُنْ ثَمَّةَ غُرَفٌ.

ثُمَّ أَبْحَرَتِ السَّفِينَةُ، جَلَسَتْ أَمَلْ وَهَيَا عَلَى حِجْرِ أُمِّهِمَا، جَلَسَتْ أَمَلْ عَلَى رُكْبَتِهَا الْيُمْنَى، وَهَيَا عَلَى الْيُسْرَى، كَانَ الْوَضْعُ عَلَى السَّفِينَةِ خَطِيرًا عَلَى الْأَطْفَالِ الصِّغَارِ، فَالْأَطْفَالُ الصِّغَارُ قَدْ يَسْقُطُونَ بِسُهُولَةٍ فِي الْمَاءِ.

لَمْ تَجْلِسْ رَهَفْ وَحَسَنْ فِي حِجْرِ أَحَدٍ.

Dann ist es Nacht geworden. „Mir ist kalt!“, hat Rahaf gesagt. In der Nacht hat auf dem Meer nämlich ein kalter Wind geweht. „Ich möchte bitte meine Jacke haben!“

Papa ist losgegangen, um ihren Rucksack zu suchen. Aber Rahafs Rucksack war nicht da und Hassans Rucksack auch nicht. Mamas und Papas Koffer waren auch nicht an Bord und Papas große Tasche mit dem Geld und den Papieren auch nicht und überhaupt kein Gepäck. Nur 300 Menschen.

Das Gepäck von den 300 Menschen hatten die Schleuser in Ägypten gelassen! So war mehr Platz auf dem Schiff für mehr Menschen. Da konnten die Schleuser mehr Fahrgeld

ثُمَّ حَلَّ اللَّيْلُ، وَهَبَّتْ رِيحٌ بَارِدَةٌ فِي اللَّيْلِ عَلَى الْبَحْرِ، فقَالَتْ رَهْف: «أَشْعُرُ بِالْبَرْدِ، أُرِيدُ سُتْرَتِي».

ذَهَبَ أَبُوهَا لِيَبْحَثَ عَنْ حَقِيبَتِهَا، إِلَّا أَنَّ حَقِيبَةَ رَهْف لَمْ تَكُنْ مَوْجُودَةً، وَكَذَلِكَ حَقِيبَةُ حَسَن، كَمَا أَنَّ حَقَائِبَ الْأَبِ وَالْأُمِّ لَمْ تَكُنْ عَلَى مَتْنِ السَّفِينَةِ، وَكَذَلِكَ حَقِيبَةُ الْأَبِ الَّتِي تَحْوِي النُّقُودَ وَالْأَوْرَاقَ.

لَمْ تَكُنْ ثَمَّةَ أَمْتِعَةٌ عَلَى الْإِطْلَاقِ، ثَلَاثُمِائَةِ إِنْسَانٍ فَقَط.

تَرَكَ الْمُهَرِّبُونَ أَمْتِعَةَ الثَّلَاثِمائَةِ شَخْصٍ فِي مِصْرَ! وهَكَذَا وَفَّرُوا حَيِّزًا أَكْبَرَ لِأَشْخَاصٍ أَكْثَرَ فِي

kassieren. Und das Gepäck hatten sie auch noch geklaut, das wollten sie verkaufen und noch mehr verdienen.

Darum wussten jetzt alle Leute auf dem Schiff, dass die Schleuser Verbrecher waren, keine guten Menschen. Sie wollten den Flüchtlingen gar nicht helfen, aus dem Krieg in ein sicheres Land zu kommen. Sie wollten nur ganz viel Geld verdienen.

Als es Nacht geworden war, haben alle Menschen versucht, sich an Deck auf dem Boden auszustrecken. Aber da war längst nicht genug Platz.

„Mir ist so kalt!", hat Rahaf wieder geflüstert. Es war auch so schrecklich dunkel!

السَّفِينَةِ، وَهَكَذَا حَصُلُوا عَلَى أُجْرَةِ سَفَرٍ أَكْبَرَ، كَمَا أَنَّهُمْ سَرَقُوا الْأَمْتِعَةَ، كَانُوا يُرِيدُونَ بَيْعَهَا وَكَسْبَ الْمَزِيدِ مِنَ الْمَالِ.

لِذَا أَدْرَكَ الْجَمِيعُ عَلَى السَّفِينَةِ الْآنَ أَنَّ الْمُهَرِّبِينَ مُجْرِمُونَ، وَأُنَاسٌ أَشْرَارٌ، لَمْ يَكُنْ فِي نِيَّتِهِمْ مُسَاعَدَةُ اللَّاجِئِينَ فِي الْهُرُوبِ مِنَ الْحَرْبِ إِلَى بَلَدٍ آمِنَةٍ، الْمَالُ الْكَثِيرُ كَانَ كُلَّ مَا يُرِيدُونَهُ.

حِينَمَا حَلَّ اللَّيْلُ، حَاوَلَ جَمِيعُ النَّاسِ أَنْ يُمَدِّدُوا أَجْسَامَهُمْ عَلَى سَطْحِ السَّفِينَةِ. وَلَكِنْ لَمْ يَكُنْ ثَمَّةَ حَيِّزٌ كَافٍ.

هَمَسَتْ رَهَفُ مَرَّةً أُخْرَى: «أَشْعُرُ بِالْبَرْدِ الشَّدِيدِ». وَكَانَتِ الظُّلْمَةُ حَالِكَةً.

Papa hat seinen Pullover ausgezogen und ihn über sie gebreitet. „Jetzt ist dir warm!“, hat Papa gesagt. „Schlaf schön, meine Rahaf.“

Mama ist die ganze Nacht sitzen geblieben. Sie hatte ja die beiden Kleinen auf dem Schoß, da konnte sie sich nicht hinlegen. Weil sie Amal und Haia doch nicht einfach so auf die Decksplanken legen konnte! Da wäre in der Nacht in dem Gedränge und in der Dunkelheit womöglich noch einer auf sie draufgetreten.

Auf Amal und auf Haia ist darum in der Nacht niemand draufgetreten. Aber auf Rahafs Hand, einer mit harten Schuhen. Davon ist Rahaf aufgewacht. Sie hat ganz laut geschrien, weil es so wehgetan hat.

فَخَلَعَ أَبُوهَا كِنْزَتَهُ وَغطَّاهَا بِهَا وَقَالَ: «هَكَذَا سَتَشْعُرِينَ بِالدِّفْءِ! نَوْمًا هَنِيئًا يَا عَزِيزَتِي رَهْفْ».

ظَلَّتِ الْأُمُّ جَالِسَةً طَوَالَ اللَّيْلِ، فَالصَّغِيرَانِ عَلَى حِجْرِهَا وَلَا يُمْكِنُهَا أَنْ تَضْطَجِعَ، لِأَنَّهَا لَا يُمْكِنُهَا أَنْ تَضَعَ أَمَلْ وَهَيَا عَلَى سَطْحِ السَّفِينَةِ هَكَذَا، فَقَدْ يَدُوسُ عَلَيْهِمَا أَحَدٌ أَثْنَاءَ اللَّيْلِ فِي هَذَا الزِّحَامِ وَفِي هَذِهِ الظُّلْمَةِ.

لَمْ يَدُسْ أَحَدٌ عَلَى أَمَلْ وَهَيَا أَثْنَاءَ اللَّيْلِ، إِلَّا أَنَّ أَحَدَهُمْ دَاسَ عَلَى يَدِ رَهْفْ بِحِذَاءٍ ثَقِيلٍ. فَاسْتَيْقَظَتْ رَهْفْ مِنْ نَوْمِهَا وَصَرَخَتْ بِصَوْتٍ عَالٍ جِدًّا، لِأَنَّهَا شَعَرَتْ بِأَلَمٍ شَدِيدٍ.

لِحُسْنِ الْحَظِّ أَنَّ أَبَاهَا طَبِيبٌ، فَفَحَصَ يَدَهَا بِمِصْبَاحٍ يَدَوِيٍّ، وَهَمَسَ: «سَتَتَحَسَّنُ». إِلَّا أَنَّ يَدَ رَهْفْ

Zum Glück ist Papa ja Arzt. Er hat sich ihre Hand mit einer Taschenlampe angeguckt. „Das wird wieder gut!“, hat er geflüstert. Aber Rahafs Hand ist trotzdem dick und blau geworden. In dieser Nacht ist Rahaf nicht wieder eingeschlafen.

Überhaupt haben Rahaf und Hassan in den acht Nächten auf dem Schiff nicht gut geschlafen. Das Schiff hat so fürchterlich geschwankt und es war kalt und sie hatten Hunger. Zweimal am Tag haben die Schleuser Wasser verteilt, aber es war viel zu wenig. Immer hatten Rahaf und Hassan Durst.

Und zu essen gab es nur ein winziges bisschen Reis für die Kinder. Für die Erwachsenen gab es vom fünften Tag an gar nichts mehr zu essen. Rahaf hat gedacht, dass sie nun

وَرِمَتْ وَازْرَقَّتْ، وَفِي هَذِهِ اللَّيْلَةِ لَمْ تَنَمْ رَهْف مَرَّةً أُخْرَى.

لَمْ تَنَمْ رَهْفْ وَحَسَنْ فِي اللَّيَالِي الثَّمَانِيَةِ فِي السَّفِينَةِ جيدًّا، فَقَدْ كَانَتِ السَّفِينَةُ تَهْتَزُّ بِشِدَّةٍ، وَكَانَ الْجَوُّ بَارِدًا، وَكَانَا يَشْعُرَانِ بِالْجُوعِ، كَانَ الْمُهَرِّبُونَ يُوَزِّعُونَ الْمَاءَ مَرَّتَيْنِ يَوْمِيًّا. وَلَكِنَّ ذَلِكَ لَمْ يَكُنْ كَافِيًا. كَانَتْ رَهْفْ وَحَسَنْ يَشْعُرَانِ بِالْعَطَشِ طَوَالَ الْوَقْتِ.

وَلَمْ يُقَدِّمُوا إِلَّا الْقَلِيلَ جِدًّا مِنَ الْأُرْزِ لِلْأَطْفَالِ، وَمِنَ الْيَوْمِ الْخَامِسِ لَمْ يُقَدِّمُوا أَيَّ طَعَامٍ لِلْكِبَارِ، ظَنَّتْ رَهْفْ أَنَّهُمْ سَيَمُوتُونَ جُوعًا وَعَطَشًا. وَبَكَى حَسَنْ وَقَالَ: إِنَّهُ يُرِيدُ الْعَوْدَةَ إِلَى الْبَيْتِ، إِلَّا أَنَّ هَذَا لَمْ يَكُنْ مُمْكِنًا.

alle verhungern und verdursten müssen. Hassan hat geweint und gesagt, dass er nach Hause will. Aber das ging ja nicht.

Dann sind sie endlich in Italien angekommen. Rahaf und Hassan waren froh, dass sie von Bord gehen konnten. Und dass sie nicht ertrunken waren.

Aber sie hatten ja kein Geld und keine Ausweise, die hatten die Schleuser ihnen ja mit dem Gepäck geklaut. Darum haben die Schleuser alle 300 Menschen in einer ganz dunklen Nacht an einer Stelle an Land gehen lassen, wo keine Polizisten waren und keine Zollbeamten. Polizisten und Zollbeamte wollen ja immer Ausweise sehen.

وَأَخِيرًا وَصَلُوا إِلَى إِيطَالْيَا. فَرِحَتْ رَهْفُ وَحَسَنْ، لِأَنَّهُمَا غَادَرَا السَّفِينَةَ، وَلِأَنَّهُمَا لَمْ يَغْرَقَا.
وَلَكِنْ لَمْ يَكُنْ لَدَيْهِمْ نُقُودٌ أَوْ بِطَاقَاتُ هُوِيَّةٍ، فَقَدْ سَرَقَهَا مِنْهُمُ الْمُهَرِّبُونَ مَعَ الْأَمْتِعَةِ؛ لِذَا فَقَدْ تَرَكَ الْمُهَرِّبُونَ الثَّلَاثَمِائَةِ شَخْصٍ فِي لَيْلَةٍ شَدِيدَةِ الظُّلْمَةِ فِي مَوْضِعٍ مِنَ الْيَابِسَةِ لَيْسَ فِيهِ ضُبَّاطُ شُرْطَةٍ أَوْ مُوَظَّفُو جِمَارِكَ، فَضُبَّاطُ الشُّرْطَةِ وَمُوَظَّفُو الْجِمَارِكِ يُرِيدُونَ دَوْمًا الاِطِّلَاعَ عَلَى بِطَاقَاتِ الْهُوِيَّةِ.

Ein bisschen Geld hatte Papa zum Glück in der Hosentasche. Da konnte er etwas zu essen und zu trinken kaufen. Und Fahrkarten.

Rahaf und Hassan wissen nicht mehr, mit wie vielen Zügen sie gefahren sind. Zuerst waren sie in Italien, und dann waren sie in Frankreich, und dann mussten sie wieder in einen anderen Zug steigen.

„Jetzt fahren wir nach Deutschland!“, hat Papa gesagt. Dann hat er sich zu den Kindern nach unten gebeugt. „Aber pssst! Wir haben keine Fahrkarten! So viel Geld hatte ich nicht mehr in der Hosentasche!“

لِحُسْنِ الحَظِّ كَانَ مَعَ الْأَبِ الْقَلِيلُ مِنَ النُّقُودِ فِي جَيْبِ بِنْطَالِهِ، فَتَمَكَّنَ مِنْ شِرَاءِ الْقَلِيلِ مِنَ الْأَطْعِمَةِ وَالْمَشْرُوبَاتِ، وَبِطَاقَاتِ السَّفَرِ.

لَا تَتَذَكَّرُ رَهْفُ وَحَسَنْ عَدَدَ الْقِطَارَاتِ الَّتِي سَافَرُوا بِهَا. فِي الْبِدَايَةِ كَانُوا فِي إِيطَالْيَا، ثُمَّ فِي فَرَنْسَا، ثُمَّ وَجَبَ عَلَيْهِمْ أَنْ يَرْكَبُوا قِطَارًا آخَرَ.

قَالَ الْأَبُ: «سَنُسَافِرُ إِلَى أَلْمَانْيَا»، ثُمَّ انْحَنَى مُوَجِّهًا حَدِيثَهُ لِلطِّفْلَيْنِ: «هِشْ! لَيْسَ مَعَنَا بِطَاقَاتُ سَفَرٍ! لَمْ يَكُنْ فِي جَيْبِي الْمَزِيدُ مِنَ النُّقُودِ».

Da hat Rahaf gewusst, dass sie gar nicht erst fragen muss, ob sie vielleicht etwas zu trinken bekommen kann. Sie hatte so schrecklichen Durst. Aber wenn Papa kein Geld für Fahrkarten hatte, dann hatte er ja erst recht kein Geld für etwas zu trinken.

In einem Abteil für sechs Menschen war noch ein Platz frei, da wollte Mama sich mit Amal und Haia hinsetzen. Aber Haia hat ganz furchtbar geschrien, weil sie so durstig war, und eine dünne alte Frau mit blonden Haaren hat ganz unfreundliche Sachen zu Mama gesagt und geschimpft in einer Sprache, die sie alle nicht verstehen konnten.

Da ist Mama wieder zu Papa und Rahaf und Hassan nach draußen gekommen.

فَأَدْرَكَتْ رَهْف أَنَّهَا لَا يُمْكِنُ أَنْ تَسْأَلَ إِنْ كَانَ يُمْكِنُهَا أَنْ تَحْصُلَ عَلَى مَشْرُوبٍ، فَقَدْ كَانَتْ تَشْعُرُ بِعَطَشٍ شَدِيدٍ؛ لِأَنَّ أَبَاهَا إِذَا لَمْ يَكُنْ لَدَيْهِ نَقُودٌ لِبطَاقَاتِ السَّفَرِ فَلَنْ يَكُونَ لَدَيْهِ بِالطَّبْعِ نُقُودٌ مِنْ أَجْلِ مَشْرُوبٍ.

فِي مَقْصُورَةٍ مُخَصَّصَةٍ لِسِتَّةِ أَشْخَاصٍ كَانَ ثَمَّةَ مَقْعَدٌ خَالٍ، فَأَرَادَتِ الْأُمُّ أَنْ تَجْلِسَ بِأَمَلْ وَهَيَا. وَلَكِنْ هَيَا كَانَتْ تَصْرُخُ بِشِدَّةٍ، لِأَنَّهَا تَشْعُرُ بِالْعَطَشِ الشَّدِيدِ، وَكَانَتْ هُنَاكَ سَيِّدَةٌ نَحِيفَةٌ كَبِيرَةٌ فِي السِّنِّ وَذَاتُ شَعْرٍ أَشْقَرَ قَالَتْ لِلْأُمِّ عِبَارَاتٍ غَيْرَ لَطِيفَةٍ، وَنَهَرَتْهَا بِلُغَةٍ غَيْرِ مَفْهُومَةٍ.

„So sind die Menschen hier doch nicht!“, hat Mama geflüstert. Rahaf hat gesehen, dass ihr eine Träne über die Wange gelaufen ist. Dabei weinen Mütter doch eigentlich nicht! Es war aber bestimmt nur, weil Mama so müde war. Sie sind dann auf dem Gang stehen geblieben.

Und nach einer Weile ist auch noch ein Schaffner gekommen! Papa hatte gesagt, sie sollen alle ganz ruhig sein, wenn ein Schaffner kommt. Nicht jeder Schaffner kontrolliert die Fahrkarten. Sie sollen alle ganz normal tun, als ob sie Fahrtkarten haben. Dann fragt er vielleicht gar nicht nach.

Aber es hat nichts genützt. Dieser Schaffner wollte ihre Fahrkarten sehen.

فَعادَتِ الْأُمُّ إِلَى الْأَبِ وَرَهْفُ وَحَسَنْ خارِجَ الْمَقْصُورَةِ، وَهَمَسَتْ: «النَّاسُ هُنَا لَيْسُوا هَكَذَا!» رَأَتْ رَهْفُ دَمْعَةً تَسِيلُ عَلَى وَجْنَةِ أُمِّهَا، رَغْمَ أَنَّ الْأُمَّهَاتِ لَا يَبْكُونَ! بِالتَّأْكِيدِ حَدَثَ ذَلِكَ فَقَطْ، لِأَنَّ أُمَّهَا كَانَتْ مُرْهَقَةً. فَوَقَفُوا جَمِيعًا فِي الْمَمَرِّ.

بَعْدَ فَتْرَةٍ جاءَ الْمُفَتِشُ! طَلَبَ الْأَبُ مِنْهُمْ أَنْ يَلْتَزِمُوا الْهُدُوءَ التَّامَّ، عِنْدَمَا يَأْتِي الْمُفَتِشُ. فَالْمُفَتِشُونَ لَا يَسْأَلُونَ فِي كُلِّ مَرَّةٍ عَنْ بِطَاقَاتِ السَّفَرِ، عَلَيْهِمْ أَنْ يَتَصَرَّفُوا بِشَكْلٍ طَبِيعِيٍّ، كَمَا لَوْ أَنَّ مَعَهُمْ بِطَاقَاتِ سَفَرٍ. فَلَعَلَّهُ لَا يَسْأَلُ عَنْهَا حِينَئِذٍ.

„Wir hatten kein Geld für Fahrkarten“, hat Papa auf Englisch gesagt. „Wir kommen aus Syrien.“ Zum Glück kann Papa Englisch.

Jetzt hat Mama angefangen, richtig zu weinen. Bestimmt würde der Schaffner jetzt ja auch nach ihren Ausweisen fragen. Und wie es dann weitergehen sollte, wussten sie nicht.

„Kein Geld?“, hat der Schaffner gefragt. Auch auf Englisch. „Syrien?“

Papa hat genickt.

Der Schaffner hat Papa eine Hand auf den Arm gelegt und gelächelt. „Viel Glück!“,

إِلَّا أَنَّ ذَلِكَ لَمْ يُجْدِ شَيْئًا، فَقَدْ طَلَبَ هَذَا الْمُفَتِّشُ رُؤْيَةَ بِطَاقَاتِ السَّفَرِ.

قَالَ الْأَبُ بِالْإِنْجِلِيزِيَّةِ: «لَمْ يَكُنْ مَعَنَا نُقُودٌ لِشِرَاءِ بِطَاقَاتٍ، نَحْنُ مِنْ سُورِيَّةَ». لِحُسْنِ الْحَظِّ كَانَ الْأَبُ يَتَحَدَّثُ الْإِنْجِلِيزِيَّةَ.

بَدَأَتِ الْأُمُّ الْآنَ فِي الْبُكَاءِ بِشِدَّةٍ، لَا بُدَّ أَنَّ الْمُفَتِّشَ سَيَطْلُبُ مِنْهُمُ الْآنَ أَيْضًا بِطَاقَاتِ الْهُوِيَّةِ. وَلَا يَدْرُونَ مَاذَا سَيَحْدُثُ بَعْدَ ذَلِكَ.

سَأَلَ الْمُفَتِّشُ بِالْإِنْجِلِيزِيَّةِ: «لَيْسَ مَعَكُمْ نُقُودٌ؟ مِنْ سُورِيَّةَ؟»

فَأَوْمَأَ الْأَبُ بِالْإِيجَابِ.

hat er auf Englisch gesagt. Dann ist er in den nächsten Wagen gegangen, um da die Fahrkarten zu kontrollieren.

Eine Weile haben sie noch gewartet, weil sie es gar nicht glauben konnten. Dann hat Papa gelächelt. „*So* sind die Menschen in diesem Land!“, hat er gesagt. „Jetzt wird alles gut.“

وَضَعَ الْمُفَتِشُ يَدَهُ عَلَى ذِرَاعِ الْأَبِ، وَقَالَ بِالْإِنْجْلِيزِيَّةِ: «حَظًّا سَعِيدًا!» ثُمَّ مَضَى إِلَى الْعَرَبَةِ الْأُخْرَى لِلتَّفْتِيشِ عَنْ بِطَاقَاتِ السَّفَرِ.

ظَلُّوا مُنْتَظِرِينَ لِفَتْرَةٍ، لِأَنَّهُمْ لَمْ يُصَدِّقُوا مَا حَدَثَ، ثُمَّ ابْتَسَمَ أَبُوهُمْ وَقَالَ: «هَكَذَا هُمُ النَّاسُ فِي هَذَا الْبَلَدِ! سَتَصِيرُ الْأُمُورُ عَلَى مَا يُرَامُ».

Und irgendwie ist es auch gut geworden. Zuerst sind sie in einer Stadt in ein großes Haus gekommen, das hieß *Erstaufnahmelager*, und das war so ein schwieriges Wort. Da mussten Mama und Papa ganz viel erklären, warum sie gekommen waren und warum sie keine Papiere hatten und was sie in Deutschland wollten.

„Keine Bomben mehr!“, hat Papa gesagt. Zum Glück gab es einen Dolmetscher.

In dem großen Haus mussten sie alle zusammen in einem Zimmer wohnen. Das war eng, mit Mama und Papa und allen vier Kindern. „Aber es ist ja nicht für lange“, hat Mama gesagt. „Dies ist ja nur das Erstaufnahmelager.“

وَعَلَى نَحْوٍ مَا صَارَتِ الْأُمُورُ عَلَى مَا يُرَامُ أَيْضًا، فِي الْبِدَايَةِ ذَهَبُوا إِلَى بَيْتٍ كَبِيرٍ فِي مَدِينَةٍ. هَذَا الْبَيْتُ يُسَمَّى مُخَيَّمَ الِاسْتِقْبَالِ الْأَوَّلِيِّ، كَلِمَةٌ صَعْبَةٌ جِدًّا، وَتَعَيَّنَ عَلَى الْأَبِ وَالْأُمِّ أَنْ يَشْرَحَا لِمَ أَتَيَا؟ وَلِمَ لَا يَحْمِلَانِ أَوْرَاقًا؟ وَمَاذَا يَنْوِيَانِ أَنْ يَفْعَلَا فِي أَلْمَانْيَا؟

قَالَ الْأَبُ: «لَقَدْ تَعِبْنَا مِنَ الْقَنَابِلِ!». وَلِحُسْنِ الْحَظِّ كَانَ يُوجَدُ مُتَرْجِمٌ.

فِي الْبَيْتِ الْكَبِيرِ تَعَيَّنَ عَلَيْهِمْ أَنْ يَسْكُنُوا جَمِيعًا فِي حُجْرَةٍ وَاحِدَةٍ. كَانَتِ الْحُجْرَةُ ضَيِّقَةً عَلَى الْأَبِ وَالْأُمِّ وَالْأَطْفَالِ الْأَرْبَعَةِ، فَقَالَتْ أُمُّهُمْ: «لَنْ يَكُونَ ذَلِكَ لِوَقْتٍ طَوِيلٍ، هَذَا لَيْسَ إِلَّا مُخَيَّمَ الِاسْتِقْبَالِ الْأَوَّلِيِّ.

Rahaf fand das große Haus gut, weil sie da duschen konnte. Sie hatte ja so lange nicht mehr geduscht! Und genug zu essen hatten sie auch. Aber am allerschönsten war, dass Rahaf ein Mädchen getroffen hat, das kam auch aus Homs. In Homs war das Mädchen eine Klasse über Rahaf gewesen. Aber in Deutschland hat das nichts ausgemacht. Sie haben trotzdem den ganzen Tag zusammen gespielt.

Hassan hat mit den syrischen Jungs gespielt. Meistens Fußball.

Dann mussten sie wieder weiterziehen, das war nach drei Monaten. Rahaf und Hassan wollten nicht schon wieder woanders hin, auch wenn es so eng in ihrem Zimmer war.

أَعْجَبَ الْبَيْتُ الْكَبِيرُ رَهْفَ، لِأَنَّهَا تَمَكَّنَتْ مِنَ الِاسْتِحْمَامِ، فَهِيَ لَمْ تَسْتَحِمَّ مُنْذُ فَتْرَةٍ طَوِيلَةٍ! كَمَا أَنَّهَا حَصُلَتْ عَلَى مَا يَكْفِيهَا مِنَ الطَّعَامِ. أَمَّا أَجْمَلُ شَيْءٍ فَكَانَ لِقَاءَهَا بِفَتَاةٍ مِنْ حِمْصَ. كَانَتِ الْفَتَاةُ فِي الصَّفِّ السَّابِقِ لِرَهْفَ فِي حِمْصَ، وَلَكِنْ فِي أَلْمَانْيَا لَمْ يَكُنْ ذَلِكَ مُهِمًّا، فَقَدْ كَانَتَا تَلْعَبَانِ مَعًا طَوَالَ الْيَوْمِ.

وَكَانَ حَسَنْ يَلْعَبُ مَعَ فِتْيَانٍ سُورِيِّينَ كُرَةَ قَدَمٍ غَالِبًا.

ثُمَّ تَعَيَّنَ عَلَيْهِمُ الرَّحِيلُ مَرَّةً أُخْرَى. كَانَ ذَلِكَ بَعْدَ ثَلَاثَةِ أَشْهُرٍ. لَمْ تَرْغَبْ رَهْفُ وَحَسَنْ فِي الِانْتِقَالِ

Aber sie mussten. Sie haben „Auf Wiedersehen“ zu den Kindern gesagt, mit denen sie im Erstaufnahmelager immer gespielt hatten.

„Hoffentlich sind auch syrische Kinder da, wo wir hinkommen!“, hat Hassan gesagt. „Wie sollen wir denn sonst mit denen reden?“

„Beim Fußball muss man nicht reden“, hat Rahaf gesagt.

إِلَى مَكَانٍ آخَرَ مَرَّةً ثَانِيَةً، رَغْمَ أَنَّ الْحُجْرَةَ كَانَتْ ضَيِّقَةً عَلَيْهِمْ جِدًّا، إِلَّا أَنَّهُمَا اضْطُرَّا إِلَى ذَلِكَ؛ فَوَدَّعَا الْأَطْفَالَ الَّذِينَ كَانَا يَلْعَبَانِ مَعَهُمْ دَوْمًا فِي مُخَيَّمِ الِاسْتِقْبَالِ الْأَوَّلِيِّ.

قَالَ حَسَنْ: «أَرْجُو أَنْ يَكُونَ هُنَاكَ أَطْفَالٌ مِنْ سُورِيَّةَ فِي الْمَكَانِ الَّذِي سَنَذْهَبُ إِلَيْهِ! وَإِلَّا كَيْفَ سَنَتَحَدَّثُ مَعَهُمْ؟»

فَرَدَّتْ رَهْفُ: «لَا يَحْتَاجُ الْمَرْءُ لِلْحَدِيثِ أَثْنَاءَ لَعِبِ الْكُرَةِ».

Es waren keine syrischen Kinder da, wo sie hingekommen sind. Das war ein ganz kleiner Ort. Ein Mann hat Englisch mit Papa geredet und hat sie in einem Bus zu ihrem neuen Zuhause gefahren. „Ihr neues Zuhause“, das hat der Mann gesagt. Da haben Rahaf und Hassan sich gefreut.

Und dann war das neue Zuhause doch kein Zuhause! Ein Container war es, der stand oben auf einem anderen Container, und außen hat eine Treppe hochgeführt. In ihrem Zimmer haben drei Betten gestanden, drei Betten für Mama und Papa und alle vier Kinder zusammen. Da mussten sie immer zu zweit in einem Bett schlafen, das hatte Rahaf zu Hause mit Aycha ja auch gemacht.

لَمْ يَكُنْ ثَمَّةَ أَطْفَالٌ سُورِيُّونَ حَيْثُ ذَهَبُوا، كَانَتْ قَرْيَةً صَغِيرَةً، وَقَدْ تَكَلَّمَ رَجُلٌ مَعَ الْأَبِ بِاللُّغَةِ الْإِنْجِلِيزِيَّةِ وَسَافَرَ بِهِمْ فِي حَافِلَةٍ إِلَى بَيْتِهِمُ الْجَدِيدِ، قَالَ الرَّجُلُ: «هَذَا بَيْتُكُمَا الْجَدِيدُ»، فَفَرِحَتْ رَهْفْ وَحَسَنْ.

ثُمَّ لَمْ يَكُنِ الْبَيْتُ الْجَدِيدُ بَيْتًا! بَلْ كَانَ حَاوِيَةً، وُضِعَتْ فَوْقَ حَاوِيَةٍ أُخْرَى، وَخَارِجَهَا سُلَّمٌ يُفْضِي إِلَى أَعْلَى، احْتَوَتْ حُجْرَتُهُمْ عَلَى ثَلَاثَةِ أَسِرَّةٍ، ثَلَاثَةُ أَسِرَّةٍ لِلْأَبِ وَالْأُمِّ وَالْأَطْفَالِ الْأَرْبَعَةِ مَعًا، فَاضْطُرُّوا لِلنَّوْمِ اثْنَيْنِ اثْنَيْنِ فِي كُلِّ سَرِيرٍ، كَانَ ذَلِكَ مِثْلَ مَا فَعَلَتْهُ رَهْفْ مَعَ عَائِشَةَ فِي الْبَيْتِ.

إِلَّا أَنَّ الْأَمْرَ مَعَ أَمَلْ لَمْ يَكُنْ مُمْتِعًا، لِأَنَّ أَمَلْ كَانَتْ تَرْكُلُ رَهْفْ دَوْمًا أَثْنَاءَ اللَّيْلِ.

Mit Amal war es nicht so lustig, Amal hat Rahaf nachts immer getreten.

Mama hat meistens auf dem Fußboden geschlafen. Manchmal hat Mama jetzt geweint.

„Ich will wieder nach Hause!", hat Hassan gesagt. Aber das ging ja nicht. Das war dumm von Hassan.

Der Mann hat gesagt, dass Rahaf und Hassan in die Schule gehen müssen. Da wusste Rahaf nicht, ob sie sich freuen sollte oder Angst haben. Hassan wusste das auch nicht.

In der Schule hat eine Frau Rahaf in ihre neue Klasse gebracht. Die Frau war Rahafs neue Lehrerin. Sie hat Rahaf ganz viel erzählt und dabei auf Sachen gezeigt, aber Rahaf

فِي أَغْلَبِ الْأَوْقَاتِ كَانَتِ الْأُمُّ تَنَامُ عَلَى الْأَرْضِ، وَأَحْيَانًا كَانَتْ تَبْكِي.

قَالَ حَسَنْ: «أُرِيدُ الْعَوْدَةَ إِلَى الْبَيْتِ». إِلَّا أَنَّ هَذَا لَمْ يَكُنْ مُمْكِنًا. كَانَ ذَلِكَ حَمَاقَةً مِنْ حَسَنْ.

قَالَ الرَّجُلُ: إِنَّ رَهْف وَحَسَنْ عَلَيْهِمَا الذَّهَابُ إِلَى الْمَدْرَسَةِ، فَلَمْ تَدْرِ رَهْف مَا إِذَا كَانَ عَلَيْهِمَا الْفَرَحُ أَوِ الْخَوْفُ، وَلَمْ يَدْرِ حَسَنْ كَذَلِكَ.

فِي الْمَدْرَسَةِ اصْطَحَبَتِ امْرَأَةٌ رَهْف إِلَى صَفِّهَا الْجَدِيدِ، كَانَتِ الْمَرْأَةُ مُدَرِّسَةَ رَهْف الْجَدِيدَةَ، حَكَتْ لِرَهْف الْكَثِيرَ، وَأَشَارَتْ أَثْنَاءَ ذَلِكَ إِلَى أَشْيَاءَ، وَلَكِنَّ رَهْف لَمْ تَسْتَطِعْ أَنْ تَفْهَمَهَا، فَكَادَتْ تَبْكِي.

وَلَكِنَّهَا عَزَمَتْ عَلَى أَلَّا تَبْكِيَ، لِأَنَّ ذَلِكَ لَنْ يُفِيدَ شَيْئًا.

konnte sie ja nicht verstehen. Da hätte sie beinahe geweint. Sie hat aber beschlossen, dass sie nicht weinen will. Weil es ja nichts hilft.

Die ganze Stunde hat Rahaf versucht, aufzupassen. Es war zum Glück Mathe, und die Zahlen kannte Rahaf ja, die sahen so ähnlich aus wie zu Hause. Da hat sie wenigstens ein bisschen verstanden.

In der Pause sind fünf Mädchen zu Rahaf gekommen und haben sie ganz viel gefragt. Die Mädchen waren nett, das konnte Rahaf sehen. Ein Mädchen hat ihr sogar einen Schokoriegel geschenkt. Aber mit den Mädchen reden konnte Rahaf ja nicht, sie konnte ja kein Deutsch.

حَاوَلَتْ رَهْفْ أَنْ تَشْحَذَ تَرْكِيزَهَا أَثْنَاءَ الدَّرْسِ، لِحُسْنِ الْحَظِّ كَانَ دَرْسَ رِيَاضِيَّاتٍ، رَهْفْ كَانَتْ تَعْرِفُ الْأَعْدَادَ، فَقَدْ كَانَتْ تُشْبِهُ الْأَعْدَادَ الَّتِي تَعَلَّمَتْهَا فِي بَلَدِهَا، فَفَهِمَتْ رَهْفْ عَلَى الْأَقَلِّ جُزْءًا قَلِيلًا مِنَ الدَّرْسِ.

فِي الِاسْتِرَاحَةِ أَتَتْ خَمْسُ فَتَيَاتٍ إِلَى رَهْفْ وَطَرَحْنَ عَلَيْهَا أَسْئِلَةً كَثِيرَةً. كَانَتِ الْفَتَيَاتُ وَدُودَاتٍ، رَأَتْ رَهْفْ ذَلِكَ، بَلْ إِنَّ إِحْدَى الْفَتَيَاتِ أَهْدَتْهَا لَوْحًا مِنَ الشِّيكُولَاتَةِ. إِلَّا أَنَّ رَهْفْ لَمْ تَسْتَطِعْ أَنْ تَتَكَلَّمَ مَعَ الْفَتَيَاتِ، فَهِيَ لَا تَتَحَدَّثُ الْأَلْمَانِيَّةَ.

Da sind sie in der nächsten Pause nicht mehr gekommen. Und von alleine mochte Rahaf nicht zu ihnen gehen. Und wenn sie gespielt haben, konnte sie doch auch nicht so einfach mitmachen! Rahaf wusste gar nicht, ob sie überhaupt noch mal in die Schule gehen wollte. Aber das musste sie ja.

Am nächsten Tag ist schon vor der ersten Stunde ein Mädchen zu Rahaf gekommen und hat auf den Stuhl neben sich gezeigt. Da hat Rahaf sich hingesetzt. Das Mädchen hat mit dem Finger auf seine Brust gezeigt. „Ich heiße Emma“, hat das Mädchen gesagt.

Rahaf hat verstanden. „Rahaf“, hat sie gesagt.

„Füller“, hat das Mädchen gesagt und auf Rahafs Füller gezeigt. „Heft.“

فَلَمْ يَأْتِينَ فِي الاِسْتِرَاحَةِ التَّالِيَةِ، وَلَمْ تُحِبَّ رَهْفُ أَنْ تَذْهَبَ إِلَيْهِنَّ مِنْ تِلْقَاءِ نَفْسِهَا. وَعِنْدَمَا كُنَّ يَلْعَبْنَ لَمْ يَكُنْ يُمْكِنُهَا أَنْ تُشَارِكَهُنَّ اللَّعِبَ بِبَسَاطَةٍ هَكَذَا! لَمْ تَدْرِ رَهْفُ مَا إِذَا كَانَتْ تُرِيدُ أَنْ تَذْهَبَ مَرَّةً أُخْرَى إِلَى الْمَدْرَسَةِ، وَلَكِنْ بِالطَّبْعِ كَانَ عَلَيْهَا أَنْ تَذْهَبَ.

فِي الْيَوْمِ التَّالِي أَتَتْ فَتَاةٌ قَبْلَ الدَّرْسِ الْأَوَّلِ إِلَى رَهْفُ، وَأَشَارَتْ إِلَى الْكُرْسِيِّ الْمَوْجُودِ بِجَانِبِهَا.

فَجَلَسَتْ رَهْفُ، وَأَشَارَتِ الْفَتَاةُ إِلَى صَدْرِهَا وَقَالَتْ: «اسْمِي إِيمَا».

فَهِمَتْ رَهْفُ وَقَالَتْ: «رَهْفُ».

قَالَتِ الْفَتَاةُ: «قَلَمُ حِبْرٍ» وَأَشَارَتْ إِلَى قَلَمِ رَهْفُ، «دَفْتَرٌ».

Da hat Rahaf an einem einzigen Tag ganz viele Wörter gelernt. An diesem Tag hat sie sich schon viel besser gefühlt, als die Schule zu Ende war.

Emma hat Rahaf auch am nächsten Tag wieder Wörter gesagt. Und in der Pause hat sie Rahaf an der Hand gefasst und ist mit ihr zu den anderen auf den Pausenhof gegangen. Da haben sie Ticken gespielt. Rahaf hat mitgespielt. Zum Tickenspielen muss man nicht Deutsch können.

Schlimm ist nur, dass Papa in Deutschland nicht Arzt sein darf. Wenn Papa nicht zu seinem Kurs geht und Deutsch lernt, sitzt er meistens auf der Treppe vor dem Container und guckt in die Luft.

تَعَلَّمَتْ رَهْفْ فِي يَوْمٍ وَاحِدٍ كَلِمَاتٍ كَثِيرَةً جِدًّا، وَحِينَمَا انْتَهَى الْيَوْمُ الدِّرَاسِيُّ، كَانَتْ تَشْعُرُ بِتَحَسُّنٍ كَبِيرٍ.

قَالَتْ إِيمَا كَلِمَاتٍ جَدِيدَةً لَرَهْفْ فِي الْيَوْمِ التَّالِي أَيْضًا، وَفِي الِاسْتِرَاحَةِ أَمْسَكَتْ رَهْفْ مِنْ يَدِهَا، وَذَهَبَتْ بِهَا إِلَى الْأُخْرَيَاتِ فِي فِنَاءِ الْمَدْرَسَةِ، كُنَّ يَلْعَبْنَ الْكِمِيشَةَ، فَلَعِبَتْ رَهْفْ مَعَهُنَّ، لَا يَحْتَاجُ الْمَرْءُ أَنْ يُتْقِنَ الْأَلْمَانِيَّةَ لِكَيْ يَلْعَبَ الْكِمِيشَةَ.

الْأَمْرُ السَّيِّئُ الْوَحِيدُ أَنَّ أَبَاهَا لَيْسَ مَسْمُوحًا لَهُ بِأَنْ يَعْمَلَ طَبِيبًا فِي أَلْمَانْيَا. عِنْدَمَا لَا يَذْهَبُ أَبُوهَا إِلَى دَوْرَةِ تَعْلِيمِ الْأَلْمَانِيَّةِ، يَجْلِسُ أَغْلَبَ الْوَقْتِ عَلَى السُّلَّمِ أَمَامَ الْحَاوِيَةِ، وَيُحَدِّقُ فِي الْفَرَاغِ.

ذَاتَ مَرَّةٍ وَقَعَ رَجُلٌ مِنْ فَوْقِ دَرَّاجَتِهِ الْبُخَارِيَّةِ فِي الشَّارِعِ، فَرَكَضَ الْأَبُ نَحْوَهُ، وَعِنْدَمَا أَتَتْ سَيَّارَةُ

Einmal ist auf der Straße ein Mann mit seinem Motorrad gestürzt, da ist Papa ganz schnell zu ihm hingerannt. Als der Rettungswagen kam, hatte Papa schon alles gemacht, was nötig war. Und die Sanitäter haben gesagt, ein Glück, vielen Dank. Da waren Rahaf und Hassan stolz auf Papa.

Rahaf hofft sehr, dass Papa bald wieder arbeiten darf. Wenn Papa so traurig ist, sind die Kinder auch alle traurig. Und Mama auch.

Jetzt ist Rahaf schon fast zwei Jahre in Deutschland. Eigentlich kann sie jetzt schon fast so gut Deutsch, wie sie Arabisch kann, und im Unterricht versteht sie alles und meldet sich ganz viel.

الْإِسْعَافِ كَانَ الْأَبُ قَدْ قَامَ بِكُلِّ مَا هُوَ ضَرُورِيٌّ، وَقَالَ الْمُسْعِفُونَ: حَظُّهُ جَيِّدٌ، شُكْرًا جَزِيلًا. وَشَعَرَتْ رَهْفُ وَحَسَنْ بِالْفَخْرِ بِأَبِيهِمَا.

رَهْفُ تَأْمُلُ جِدًّا أَنْ يُسْمَحَ لِأَبِيهَا بِالْعَمَلِ مَرَّةً أُخْرَى. فَحِينَمَا يَكُونُ الْأَبُ حَزِينًا هَكَذَا، يَشْعُرُ الْأَطْفَالُ كُلُّهُمْ بِالْحُزْنِ أَيْضًا، وَالْأُمُّ كَذَلِكَ.

رَهْفُ تَعِيشُ مُنْذُ سَنَتَيْنِ تَقْرِيبًا فِي أَلْمَانْيَا، وَأَصْبَحَتْ تُتْقِنُ الْأَلْمَانِيَّةَ كَالْعَرَبِيَّةِ تَقْرِيبًا، وَفِي الدُّرُوسِ تَفْهَمُ كُلَّ شَيْءٍ وَتُشَارِكُ كَثِيرًا.

وَصَارَتْ إِيمَا أَفْضَلَ صَدِيقَاتِهَا، مِثْلَمَا كَانَتْ عَائِشَةُ فِي حِمْصْ. وَلَكِنْ لِلْأَسَفِ لَا يُمْكِنُ لِإِيمَا أَنْ تَبِيتَ

Und Emma ist jetzt ihre beste Freundin, so wie Aycha zu Hause in Homs. Bei Rahaf übernachten kann Emma leider nicht, weil das Containerzimmer viel zu klein ist. Sie können doch nicht mit drei Kindern in einem Bett schlafen! Aber Rahaf kann ja bei Emma übernachten.

Manchmal denkt Rahaf noch an Lulla. Und an Oma und Opa und die Onkel und Tanten und alle Cousins und Cousinen. Dann hat Rahaf Heimweh

Aber bestimmt geht das eines Tages vorbei. Und bestimmt kriegen sie eines Tages auch eine schöne Wohnung. Und Papa darf wieder arbeiten.

Bestimmt.

عِنْدَ رَهْف، لِأَنَّ الْحُجْرَةَ فِي الْحَاوِيَةِ ضَيِّقَةٌ جِدًّا، لَا يُمْكِنُهُمَا أَنْ تَبِيتَا فِي سَرِيرٍ وَاحِدٍ مَعَ ثَلَاثَةِ أَطْفَالٍ! وَلَكِنَّ رَهْفْ يُمْكِنُهَا أَنْ تَبِيتَ عِنْد إِيمَا.

أَحْيَانًا تُفَكِّرُ رَهْف فِي لُولَا، وَفِي جَدِّهَا وَجَدَّتِهَا وَأَعْمَامِهَا وَعَمَّاتِهَا وَكُلِّ أَبْنَائِهِمْ وَبَنَاتِهِمْ، فَتَشْعُرُ رَهْفْ بِالْحَنِينِ إِلَى بَلَدِهَا.

إِلَّا أَنَّ ذَلِكَ سَيَنْتَهِي حَتْمًا ذَاتَ يَوْمٍ، وَحَتْمًا سَيَحْصُلُونَ ذَاتَ يَوْمٍ عَلَى بَيْتٍ جَمِيلٍ أَيْضًا، وَسَيَسْمَحُونَ لِأَبِيهَا بِالْعَمَلِ مَرَّةً أُخْرَى.

حَتْمًا.

Erste Wörter und Sätze zum Deutsch- und Arabischlernen
الكَلِمَاتُ وَالجُمَلُ الأَسَاسِيَّةُ لِتَعَلُّمِ الأَلْمَانِيَّةِ وَالعَرَبِيَّةِ

Guten Tag!
نهارك سعيد
naharok said

Tschüss!
سلام
salam

Danke!
شكرا
schokran

Bitte!
عفوا
afuan

Ja
نعم
naam

Nein
لا
la

Ich heiße ...
اسمي ...
esmi ...

Wie heißt du?
ما اسمك؟
ma esmok?

Ich bin ... Jahre alt.
عندي ... سنة
endi ... sana

Ich wohne in ...
أسكن في ...
askon fi ...

Ich komme aus ...
أنا من ...
ana men ...

Wie spät ist es?
كم الساعة؟
kam assa?

heute
اليوم
aljaum

morgen
غدا
ghadan

gestern
أمس
ams

1, 2, 3,
١، ٢، ٣
wahed, ethnein, thalatha

4, 5, 6, 7
٤، ٥، ٦، ٧
arba, chamsa, sitta, saba

8, 9, 10,
٨، ٩، ١٠
thamanja, tisa, aschara

Haare
شعر
schar

Ich mag …
أحب …
uheb …

Fußball
كرة قدم
korat qadam

Fernsehen
تلفاز
telfas

Computer
كمبيوتر
kombjuter

Handy
محمول
mahmul

Puppen
دمى
doma

Prinzessin
أميرة
amira

egal
لا يهم
la jahum

Warte mal!

انتظر

entaser

cool

كول

kul

super

رائع

raa

Komm mit!

تعال معي

tala mai

fertig

خلاص

chalas

Los!

يالا

jalla!

Hau ab!

امشِ

emschi

Komm her!

تعال هنا

tala huna!

Ich will das haben!

أريد ذلك

urid zalek

Lass mich in Ruhe!

اتركني لحالي

utrukni lehali

Du siehst schön aus.

شكلك جميل

schaklok dschamil

Ich muss mal.

أريد الذهاب للتوليت

urid azihab liltolit

Wo ist das Klo?

أين التوليت؟

ajna altolit?

Scheiße sagt man nicht.

عيب نقول خرا

eb naqul chara

Sei still!

اسكت

oskot!

Ich will alleine sein.
أريد أن أكون بمفردي
urid an akun bemofradi

Darf ich mitspielen?
ممكن ألعب؟
momkon alab?

Willst du mitspielen?
أتريد أن تلعب؟
aturid an talab?

malen
رسم
rasm

schreiben
كتابة
kitaba

Willst du meine Freundin sein?
أتريدين أن تكوني صديقتي؟
aturidin an takuni sadiqati

Willst Du mein Freund sein?
أتريد أن تكون صديقي؟
aturid an takun sadiqi

Das macht Spaß.
هذا ممتع
hasa momtea

Das ist langweilig.
هذا ممل
hasa momel

Ich mag dich.
أحبك
uhebok

Du bist doof.
أنت أهبل
anta ahbal

Das tut weh!
هذا يؤلم
hasa jualem

Hör auf!
كف عن ذلك
koff an salek

Das ist schön.
هذا جميل
hasa dschamil

Noch mal!
مرة أخرى
mara ochra

Darf ich?
أتسمح لي؟
atsmah li?

Ich habe Angst.
أشعر بالخوف
aschor belchauf

Ich freue mich!
يسعدني
juseaduni

Hilfst du mir?
ممكن تساعدني؟
momken tesaedni?

Hast du Lust?
ألك مزاج؟
alak masadsch?

Ich habe keine Lust.
ليس لي مزاج
lais li masadsch

Das kann ich.
أستطيع ذلك
astatia salek

Du kannst das.
تستطيع ذلك
tastatia salek

Probier mal!
جرِّب
dscherreb

Ich versuche es.
سأحاول
sauhauel

Ich habe Hunger.
أشعر بالجوع
aschor beldschua

Ich habe Durst.
أشعر بالعطش
aschor belatasch

Ist das Schweinefleisch?
هل هذا لحم خنزير؟
hal hasa laham chansir?

Ich spreche Deutsch.
أتحدث الألمانية
atahadas alalmanija

Ich spreche Arabisch.
أتحدث العربية
atahadas alarabija